Matsumoto Takanao 松本高直 詩集

クラインの壺

コールサック社

クラインの壺　目次

Ⅰ章

Ⅱ章

III章

Ⅳ章

Ⅰ章

正午の光

その鏡の表面には
無数の入口があった
その中に入ると
置き去りにされた
青い空
蛇の視線に射貫かれた
ガラスの眼球
存在の哲学に足を取られた
片翼の天使

鍜《かじ》りかけの金の林檎が
坂を転がり落ちる
きのうからやってきた
郵便配達員
彼は首にぶら下げた鞄の中の
シジフォスの召喚状を配り歩く

約束の土地に染み込んだ
絶望を噴き上げる
間歇泉《かんけつせん》

水面を
希望の氷塊が漂う
前頭葉の湖

世界の財産目録を
吸い込み続ける
ブラックホール

渾天儀《こんてんぎ》の望筒を覗くと
美しい詭弁の詩学が輝いている
撓んだ修辞の地政学が燃え尽きてゆく

見るものと
見られるものが
制御不能となった
思考実験

正午の光を浴びて

鏡面が罅割れる
すると　その奥に
出口へと続く無数の扉が映っていた

時間の谷間

小さな地球儀を回すと
はるか東の砂漠が浮かんでくる
〈乾いた言葉〉を
砂礫の中に埋めた
あの記憶が

小さな地球儀を回すと
はるか南の海が浮かんでくる
〈湿った言葉〉を
瓶に閉じ込め流した

あの記憶が

小さな地球儀を回すと
はるか北の森林が浮かんでくる
〈凍った言葉〉を
樹々の枝に吊した
あの記憶が

小さな地球儀を回すと
はるか西の空が浮かんでくる
〈発火する言葉〉を
雲の中で破裂させた
あの記憶が

地球儀を回し続けると

小さな球が弓から外れて
時間の谷間へと転がって行った

アドルノ以降

きのうから
時を告げる鐘が鳴らなくなった
沈黙が澱んでいる
希望という言葉を反訳しそこなって

彼らは言った
鳥を歌わせる自由があると
花を枯らす自由もあると

彼らは言った

犬を愛する自由があると
猫を殺める自由もあると

洗い晒しのナプキンのような
雲
散文の中で凍ってしまった
時間
異常が
奇妙な日常となるとき
闇を照らす光があって　あるいは
光を飲み込む闇があって

例えば
あした見る夢の中で
月が持つ質量は

重いのか　それとも軽いのか
太陽が持つ熱量は
恩寵なのか　それとも
無慈悲なのか

真実である虚構　あるいは
虚構である真実

人間という危うい存在が
野蛮な詩を口遊みながら
象亀のように
ひたすら歩いている
クラインの壺の中を
顔を求めて

失われた時

丸い窓枠から
空をのぞくと
空の切れ目から
既視感のある円錐が浮き上がる

（時の気紛れでわが宴を乱すな）

柱時計が鳴ると
壁にかかった油彩の
肖像画の額縁から　あまいろの

鼻毛がはみ出している
（独裁者は皆んな失禁を耐えていた）

譜面台に置かれた
五線紙にはヴィヴァーチェと書き込まれ
その線の上で
剝製の蛙や猿たちが飛び跳ねている

（カエサルのものはカエサルへ）

あの時　台本から逸れた
ハムレットは偽証罪を犯した
あの時　ずぶ濡れの
オフィーリアは異端審問に口をつぐんだ

（アドリブだけが人生さ）

勝者と敗者の二分法は
馬券のように潔い　だから
白色矮星と赤色巨星を攪拌機《シェーカー》の中で
混ぜ合わせてグラスに注ぐ

（マティーニはお好きモロトフ・カクテルはいかが）

水晶紙で折った信天翁が
雲の上で鬨を合わす
合わせ鏡が映し出す王朝の桜
その下で黒い蜥蜴の尾がのたうち回る

（蛇のごとく鳩のごとく）

失われた時を背負って
バベルの塔の螺旋階段を
蝸牛《かたつむり》は
ひたすら登ってゆく

終わりのおわり

時の鍵穴を覗く
曼珠沙華が咲き乱れる畦道が
空まで続いていた
花の色で染まった空を
群雲が蛇行していた

時の鍵穴を覗く
きれいに磨かれた鏡に私が映っていた
鏡に向かって贋者だと叫ぶと
お前こそ贋者だと

木霊が返ってきた

時の鍵穴を覗く
聞き取れないほどの言葉と
読み取れないほどの意味が
洪水となって押し寄せてきた

時の鍵穴を覗く
理性を拉ぐ
病理の化け物が壁となって
目の前に立ちはだかっていた

時の鍵穴を覗く
ばらばらに打ち砕かれた理想を
寄せ集めて織り上げる

平和のタペストリーが
だらんとぶら下がっていた

時の鍵穴を覗く
黒い薔薇で飾られた
未来からの招請状が
目や鼻や口を覆って
いつの間にか顔を消し去って行った

時の鍵穴を覗く
分割できない白夜と
翻訳できない暗夜に挟まれて
赤蜻蛉が張り付いた
眼鏡の向こうの風景が
ひび割れていた

時の鍵穴を覗く
鏡の中から
すっと手が伸びてきて
私を鍵穴の中へと引き込んだ
終わりのおわりの
踏絵を踏めと

クラインの壺

傷付いた街の風は
挨拶を
忘れていた

歩道には
乾涸びた抒情が漂い
歩石の下では
モザイクの死者たちが眠っていた

大食漢の貘が　テラスで

大皿の人間の愚行に
塩をかけて食い漁っている

遺言執行人が　テーブルで
白地図に色を塗り
指示通り　国境に
鉄条網を張っている
裸の少年が
永遠の空の太陽の中で
金貨を投げて占っている

進歩の裏側には野蛮が刻まれて
野蛮の裏側には進歩が刻まれて
人間が地面を転がってゆく

額縁の中には
永久に咲いた向日葵
畑の中には
永久に咲かない向日葵

平和の捕虫網が
今日も
紋白蝶を取り逃した

灰かぶりの街の
安息日
せっかちな風に背を押されて
黒い半音階の階段を
どこまでも降りてゆく

時の少女

空に昇った令月を
空蟬の眼球が見上げている
喉の奥のアダムの林檎
胎児の眠り

卓上の置時計は
針が消えていた
冷蔵庫の棚で　狂った
秒針が卵黄を掻き回している

乾いた大気に漂う
言葉の空洞
変異したウイルスが
真夏のシードルの泡となって
爆ぜる

陰嚢《いんのう》から飛び出した
消しゴムが
廃園に咲く赤い薔薇の
輪郭線を消してゆく

陰画《ネガ》に焼き付けられた
母子像
印画紙の上の
時の空白

確率が天使を窒息させている
確率が疫病を増殖させている
楽園から追放されて
悪霊が逃げ込んだ
洞穴

貝合の隙間から
少年の恋は
黒い汁となって
滴っている

ブランコを漕いでいた
ナルシスは　時ならぬ
春の雪に吸い込まれていった

魔鏡

咲き誇る桜の園から
恋猫のように
あなたは手招きする

淡い夢の光をあびて
緑の衣にすっぽりと
あなたは包まれている

天使の風が散らした
花弁の浮遊する水面に

あなたは吸い込まれている

太古の海の
シアノバクテリアのように
あなたは大気中に増殖してゆく

地上の時間の支配者に向かって
真っ赤な舌を
あなたはこっそり出している

郵便受けの前で
投函されない未生の手紙を
あなたは一日中待っている

遊園地の酔いどれ船の底で

子供騙しの船酔いに
あなたはじっと耐えている

真っ白なシーツの上で
首をなくした人形たちと抱き合って
あなたは媚態をつくっている

プラネタリウムで映し出された
欠けることない満月の中心で
あなたは輝いている

あなたという存在の背後に
ぴったりともう一人の
あなたが張り付いている

美しい季節

青い部屋に茶色の机が一つ
パソコンは机の上で手紙を書いていた

庭の外れの鄙びた小屋で
水車がことこと人間を挽いて粉にする

パソコンは手紙がさっぱり進まず
苦虫嚙んで癇癪を起こしていた

水車小屋では細かく挽かれた粉を捏ねて

パンの生地を作る

パソコンが一行手紙を書くたびに
前の一行が消去されていた

長テーブルに寝かされたパン生地が
鳥の声に聴き惚れながら発酵し続ける

パソコンの手紙はいつでも
青いインクの永遠《とわ》の愛に飢えていた

気紛れな愛で発酵し終えたパン生地が
何度も捏ね上げられて丸い形になっている

パソコンの手紙が愛を摑もうとするたびに

愛はするりと狐のように身を躱《かわ》す
丸く練られたパン生地は平たく延ばされて
今度は人の型に嵌められる

手紙は愛と追い掛けごっこいつまでも
陽が傾いてもまだ終わらない

人間の形となったパン生地は
灼熱の天火の中に入れられる

パソコンが無邪気な手紙を唆す
騙して愛を捕らえる罠仕掛けろと

天火でふっくら焼き上げられた

人間パンが食卓の白い皿に載せられる

愛がまんまと罠にはまる
パソコンは愛を手紙の檻の中に押し込めた

背伸びをやめて小さくなった少女が一人
手紙の横のお皿の上には人間パン
千切っては苺のジャムを塗って
可愛いお口へ放り込む

Ⅱ章

夢の特異点

夢から醒めると
坂の中途で立ち止まっていた
上って行くのか
下って行くのか
そう思い直していると
背後からあの声がした
一番大切なことは

それは愛の計画と答えようとした途端
目の前が硝煙に包まれた

苦役の言葉がインフレーションとなって
論理の火薬庫に火を付ける
睡蓮の大輪が爛れて
街々の万国旗が
散々に吹き飛んで行った

この世界には愛の計画という
正解がある
だがそれは正解ではない
だからこの世界は駄目なのさ
でもこの世界の外側には
もう一つの世界がある　その外縁にも
また別の世界がある
でもそれらには神の選択肢がない
言葉は世界であるが

世界は言葉ではない

振り返り口籠りながら
愛の計画はどの世界にも存在すると
言おうとすると
背後のあの声は
恥じらいの裾を翻《ひるがえ》すようにして
夢の特異点の中へ消えてしまった

自我

あんまり癪に障ったので
悪夢の扉《ドア》を思いっ切り蹴っ飛ばしてやった
すると
居間《リビング》のテレビの液晶画面に
大きな罅が入っていた
これでは
今日の天気予報が見られないと思って
部屋の窓を開けて空を見た
薄暗い濁った雲から
雨が滴り落ちていた

試しに
鯱の入ったテレビのスイッチを入れてみた
やっぱり画面は真っ黒だった
きっと
悲しみの餌食になる前の
泪のヒロインが映っているに違いない
仕方がないので
さっき蹴飛ばした悪夢の扉を確かめてみた
真ん中に大きな穴が開いていて
その中で光が点滅していた
愛だとか平和だとか
妖しい台詞を喋り捲《まく》る
癒しの色男の声が聞こえてきた
その声音が
いつまでも耳に付いて離れなかった

夢譚

吹き寄せる風に身をまかせて
口からはもう
昔話しか出て来ないのならば
世界はとっくに
終焉を迎えているのかも知れない

辻褄が合わない言説が当然のように
横行している街々では
鉛の蝙蝠《こうもり》が
法理を破る刺客となって

飛び回っている

頭上から
目を覚ませと呼ぶ声が聞こえてきても
血腥《ちなまぐさ》い夢にうなされる
子供たちは　一日中
鏡の前を動かなかった

昼と夜とが交錯する神話の中で
カエサルの心臓は肥大し続け
その影に怯える
預言者たちの瞳が発光している

条理の楽園から追放された
贖罪の山師は休むことなく

褶曲《しゅうきょく》した地層から
怒りの日の化石を
掘り出していた

言葉のインフレーションが
理性を窒息させては
歴史のトラウマが
硝煙のフラッシュバックを引き起す

呪わしい風が吹き過ぎる朝
一つ一つ名札を付けて
喜びと悲しみという事象を
収蔵し続ける
エクリチュールの博物館が
自壊していた

約束の地

いつもあなたは
路上に落ちている言葉を拾っては
空のパネルに
色ガラスみたいに
嵌め込んでゆく

いつもあなたは
愛用の辞書の扉を開くと
謂れのない言葉が
冤罪の泡となって

吹き出している

頭の上に
浮遊しているのは
ばらばらになってしまった
夢の欠けら
足に
絡まっているのは
亡霊となった影の錘

海風は
いつ吹いてくるのだろうか

あの美しかった
水平線は

羽ペンで書かれた
航海日誌の中に
置き去りにされたままだ

臆病な理論が漂う
時の壁の前で
あなたは
ひとりの貧しい
預言者となって
いつまでも
祝婚の花束を待っている

犬の言い分

朝から雨降りで
散歩できない犬は
不満で吠えていた

雨が降ろうが晴れようが
人生の不幸は
天気予報に起因する

湿った言葉は
まとめてネットに押し込んで

乾燥機にかけろ

生まれた時から
死神は　蒼白い
時間の尻尾にぶら下がっている

目の前の世界が
水晶玉の虹彩に
吸い込まれてゆく

顔のない犯人を追う
探偵が鏡に映す顔は
のっぺらぼうだ

モーツァルトもどきの

音の仕立て屋は
右手の腱鞘炎に苦しんでいる

ソファーの上の百年の計
温め続けている希望の卵は
今日も孵らない

街の瓦礫は片付けても
心の瓦礫は
いつまでも片付かない

現実よりも理論
提灯鮟鱇を経済学者《エコノミスト》は
ひたすら釣り上げている

未来は過去で
老人は少年で
借りてきたのは尾曲り猫で

シャンパングラスを指で弾くと
空の鏡に
ピンクの蝶が舞い始める

吠えていた犬が昼寝をする頃
株式市場では　一斉に
株価が暴落していた

桃源の輪郭

理想主義者の蝸牛
想定外の突風が吹く中で
起上り小法師のように
正午の地面にしがみつく

理想主義者の蝸牛
車の果ての小国の悲劇を聞くたびに
血涙を絞る代りに
鼻血を流す

理想主義者の蝸牛
年老いた狼少年が辻説法をする
猫の地政学に
耳を傾ける

理想主義者の蝸牛
砂漠の中のオアシスに生えた
棗《なつめ》椰子《やし》の葉陰に潜み
密偵《スパイ》のように隠れん坊する

理想主義者の蝸牛
革命の狂気が染み込んだ
首吊の綱《ロープ》が垂らす
鞦韆《ブランコ》をこぐ

理想主義者の蝸牛
乱丁だらけの
辞書を盾にして
言葉の独裁者と戦っている

理想主義者の蝸牛
唯我独尊の扇子で顔をあおぎながら
終わることのない
劫《コウ》を争う

理想主義者の蝸牛
平和とは戦争の間氷期と
独り言をいいながら
焚書間近の年代記を校閲している

エデンの東

現実主義者の蝸牛
青い空と海を閉じ込めた丸い鉛の
殻を背負って歩き回る

現実主義者の蝸牛
百科事典の檻の中に　自由に飛び交う
白い希望の鳩を放り込む

現実主義者の蝸牛
九十九回嘘を言ってはその後で

真実を一回告げる

現実主義者の蝸牛
空っぽな国家の桧舞台に這い上がり
老いらく恋を演じてスポットを浴びる

現実主義者の蝸牛
湿った二本の触角を伸ばしては
懐中時計の針を過去へ向かって押し戻す

現実主義者の蝸牛
妄想の尾羽の影に脅えて受難者となり
樅の木の星にしがみつく

現実主義者の蝸牛

あの時この時どの時も仮定法で慰める
もしも例えばあくまでも

現実主義者の蝸牛
シャボン玉に息を吹掛け
七色の自責の念を撒き散らす

完新世

白い表紙のノートに
記された言葉が
孵化《ふか》する

物語の始まりには
いつも約束の風が吹いていた

風の息が体を包む
視野の奥でプリズムが
言語の数だけ光を分光する

暗夜の空の上では
青白い炎が揺らぎ
白夜の空の下では
不実な共犯者の足跡が残される

物語の声に共鳴した
風が記憶の言葉を反訳していた

褶曲した地層には
未生の翡翠の原石が閉じ込められ
太古の潮騒を聞いている

最愛の渚の砂の上で
ナルシスのパラソルは

無防備に開かれたままだ

破船の予兆
希望の物語の船荷
許されない赤い薔薇の婚礼

黒板に記された
白墨《チョーク》の文字が
脱皮する

薄明視

背後から迫ってくる
靴音　それは
言葉だったかも知れない

夢の中で盗んだ写本
嫉妬で焼かれた煉瓦の表紙
過去形しかない文法が記された頁
その上を
意味の足枷をはめられた
智天使《ケルビム》が這っている

祝祭を告げる
カノン砲が鳴り響く
タタール砂漠のオアシスから
吹いてくる風は
アレグロヴィヴァーチェ
草原の白馬の
たてがみを靡かせる

色を塗り忘れた
日傘をさした
貴婦人の肖像画

秘密の果樹園の
林檎を食い荒らす

貘たち

なくした影を
探し求めて彷徨う
水晶の男

無意識の城の中から
亡霊となった言葉たちが
欲望の鎖を引き摺る
音が聞こえてくる

やがて
見者の明かりが灯る　静かに
鉛の夜が広がってゆく

Ⅲ章

春のカルテ

不器用な風が
自由の鏡を割った
花粉の季節だった
脚韻を踏みそこなった
恋の風船が破裂する
窮屈な手紙の封を切ると
硝子の蝶が飛び出して舞う

二日酔いの吟遊詩人が
伝統の眼鏡を外し裸眼となった

催眠術から覚めた
オレンジの愛人たちは空腹だった

テーブルの上には
黒酸塊《くろすぐり》とライ麦のパン

貪欲な瞳孔　あるいは
洞穴に落ちた不感症

色彩の画家は
白くて黒い撞着語法の罠に嵌《はま》った

くしゃみの連鎖が
怨嗟の灰を撒き散らす

嫉妬に耐えきれなくなった
タペストリーが
無邪気な一角獣を金糸で搦《から》め捕っていた

前意識

砂時計の絵本
表紙を開くと
白磁の空で
虹の歯車が回っていた
青い気紛れな風が頁をめくる
あやふや人形が覗き込む
姿見
私小説の三日月が映っていた
すると
展覧会の大広間《ホール》

月宮から追放された
兎が額縁を引っ繰り返しながら
隠れ鬼をしていた
すると
額縁の中の懺悔室
法服《ローブ》の裾を引き摺った
花粉症の
聖職者のくしゃみが響いた
すると
祭壇の脇に据えられた天秤
天使の重さと釣り合う
悪魔の錘を探していた
すると
庭園を見渡すサロン
首をなくしたマヌカンたちが

ピアノに向かい
楽譜を逆様に置いて連弾していた
すると
どこまでも続くプロムナード
マヌカンの首が
緑青の浮き出た林檎を齧りながら
メトロノームで滅亡の速度を測る
思考実験に興じていた
絵本を閉じる
すると
裏表紙に描かれた
砂時計のガラスが砕けて
白い砂粒が飛び散った
群青の空から
虹の歯車が落ちてくる

奇譚

紫陽花の咲く散歩道を歩いていると
ケルビムさんが
捨てられていた
バナナの皮という偶然に
足を滑らせ尻餅をついた

地軸が揺れる音がする

噴水が空に虹をつくる
公園のベンチに

ミカエルさんが腰掛けて
狙撃手の眼孔が立ち並ぶ
白昼夢を見ていた

気が付けば足許に瘴気がまつわり付く

夕映えの廃炉建屋のような
藤棚の下で
ラファエルさんが
天狗の団扇で顔を扇ぎながら
薄闇の中から手招きしていた

時の風に孟宗竹が鳴る

逸る心を抑えるように

ガブリエルさんが礼儀正しく
歴史の教科書に挨拶し
未来に向かって方違えした

ア・プリオリ

木漏れ日の中で
佇んでいると
風は頭上をのっぺらぼうの顔で
通り抜けて行く

その時
風に吹かれた
蛇の誘惑は
単純な意地悪だった
尨犬《むくいぬ》の嗅覚が

灰色の脳細胞の犯罪を
嗅ぎ出している

風の通り道では
言葉が活用形を忘れて
金の頭文字だけが輝いていた
失われた時間が
銀の螺旋階段の屋上で
甦ろうとしている

風に惑わされた街には
仮面《マスク》を被った
学者の戯言が溢れていた
見つめ合う
双子の瞳の中の水盤で

赤い林檎と
緑のアスパラガスが戯れている

婚約の付けを払えきれない
鉄床雲《かなとこぐも》が
風に向かって
裏切者と叫んでいた
不思議の国の魔術師が
確信犯の恋人たちを
色彩の恐怖で塗り固めている

風は臆病を隠した
帽子を吹き飛ばす
夢に逃げ込んだ
天邪久《あまのじゃく》の尻尾を引き摺って

四分三十三秒の
中空へ
風は姿を消して行った

秘密の国

初夏の庭園に
風が栗の花の薫りを運んでくると
緑の舌が
背中を嘗めていた

園丁は頬杖をつき
ガラスの砂漏をひっくり返しては
無心に
失われた時間を蘇らせようとしていた

陽の傾きに従って
神経質に色調を変える
花壇
その花陰の迷路の中には
保護色の恋が隠れていた

日曜画家は
踊り子を描くのが苦手だった
そうとは知らない
踊り子は
薔薇の絵具の中から飛び出して
画布《カンバス》の上で左足を高く上げていた

記憶の底のクラブサンは
調律しても

すぐに半音上がってしまう　その前で
脚韻を踏み外した
妖精たちは
純白の裾を翻していた

啄木鳥《きつつき》は我儘だった
大時代の詩人の言葉を
ぎこちなく口真似しては
墓碑銘を書き換えていた

空から下がった綱《ロープ》を伝わって
月が降りてくる
臆病なその心臓は
収縮したままだった

噴水が造り出す同心円の
シンメトリーを崩すようにして
園丁は
出口のない物語の
扉を開けている

自己愛

風の動きが止まる時
北の空では
忘想が
膨れ上がって
黒い現実となる

気が付けば
白い猫たちは
紅い尾根の上から
下りることができなくなり

鳴き声を上げている

きょうの夢は鏡に映らない
水時計の
希望の水が枯れている
幻影に怯える
鼠が猫に嚙みつく
凱旋門が炎を上げて燃えている

魔除けの石壁に穴があくと
狂気の嘴を持った
禿鷲の頭蓋骨が
飛び出してくる

王子になりそこなった

胡桃割人形は
継《つ》ぎ接《は》ぎだらけの
正義の法服を
引き摺っている

水晶の矢尻が
背中に刺さった
寸胴の将軍が
笑みを浮かべては
黄昏の中で突っ立っている

物語の終わりは
作者の知らない所で
突然
落丁のようにやってくる

そして　もしも
歴史が
再び繰り返すならば

ひまわり

孤独なイワンの
理性の風船が破裂する
スクリーンから飛び出した
白い熊　白い熊　白い熊　・・・・・・

怯えるイワンの
理性の風船が破裂する
スクリーンから飛び出した
蒼い熊　蒼い熊　蒼い熊　・・・・・・

愚昧なイワンの
理性の風船が破裂する
スクリーンから飛び出した
赤い熊　赤い熊　赤い熊　・・・・・

只のイワンが破裂する
白い熊の蒼い熊の赤い熊の　・・・・・

そして　広野のイワンの畑には
一面に映し出される
ひまわりの花　ひまわりの花　ひまわりの花
・・・・・

磁極逆転

額縁の中の
駅のホームに立っていた
靄が晴れると
遠くに
朝焼けの連山がくっきりと見えている

アンモナイトの眠りから醒めた
ホームには
次々と列車が入線してくるが
乗って行くべき列車は

まだやって来なかった

所在なく
足許に目を落とすと
錆びた合鍵がころがっていた
拾ってさすっていると
鍵はぽろぽろと毀れて
砂粒になっていった
前触れのような
冷たい風が吹いてくる
風の正体を確かめたくなって
空を見上げるが
やはり風の姿は摑めなかった

眼窩の奥で

時の振り子が揺れている

落ち合うはずだった
あなたは
物語を完結させると言って
蛋白石《オパール》の記憶と一緒に
昨夜の夜行列車に乗り
消え去っていた

神は今日も
脚本《シナリオ》の結末を書くことは
ないだろう

額縁の外では
磁極逆転が

すでに始まっている

北北西の風

北北西の風が吹く時
臆病な寄居虫《やどかり》は
新しい貝殻を探して
砂の上を這い回る

北北西の風が吹く時
悲観主義《ペシミズム》の雲に覆われた
午後の街に
神々の気紛れが
世界を終わらせるという

風説が流れる

北北西の風が吹く時
人気《ひとけ》のない凱旋広場で
南方から帰還した
傭兵の人形が
七列縦隊で整列し
閲兵を待っている

北北西の風が吹く時
職人が丹念に磨いた
寓意の鏡面に
鷹の宿命が鷺の宿命と重なり合って
映し出される

北北西の風が吹く時
夢の箍《たが》が外れ
膨張し続ける自由意志によって砕《くだ》かれた
理性の断片が
美しく輝く

北北西の風が吹く時
叡智に裏切られた
お人好しの予言者たちが
白髪を振り乱して
等身大の墓穴を
掘り始める

北北西の風が吹く時

Ⅳ章

春のロンド

春のきらびやかな色彩が霞んで
見えないので
蛙は不機嫌だった
その時冷たい硝子の雨が降っていた

官能をくすぐる葦笛をうっかり
なくしてしまったので
牧神は不機嫌だった
その時千切れた羽が雲間に浮かんでいた

空に張った黄金の知恵の網
何もかからないので
蜘蛛は不機嫌だった
その時一人称の鎧が綻びていた

巨人と叫んだ途端に畑の中の
風車の輪郭が消えてゆくので
驢馬は不機嫌だった
その時墓穴で水晶の裸像が犇いていた

赤く腫れた太陽がいつまでも
水平線に沈まないので
大鴉は不機嫌だった
その時薔薇の門扉の鍵が夜の帰還を拒んでいた

時の斧に怯えて
玉虫色の尾を自切したので
蜥蜴は不機嫌だった
その時思春期の心臓が剝き出しになっていた

変奏曲

白い猫を引っ繰り返すと
黒い猫となった
それでも白い猫は白い猫

黒い猫を引っ繰り返すと
白い猫となった
それでも黒い猫は黒い猫

ピカソが白い猫を捕まえて
青い絵筆で絵具を塗ると

白い猫は青い猫

マチスが黒い猫を捕まえて
赤い絵筆で絵具を塗ると
黒い猫は赤い猫

古道具屋の店先で
アラジンのランプから抜け出したのは
猛獣使い

その細い鞭で
青い猫の頭を叩くと
青い猫は灰色の影となった

その太い杖で

赤い猫の尻を叩くと
赤い猫は灰色の影となった

人工庭園の木陰のベンチ
孤独な天使は座ったままで
日曜日の風は不機嫌だった

ひと吹きしては
落葉といっしょに
地上の影を撒き散らす

灰色の影は宙を舞い
真昼の天使の水晶体の中へ
飛び込んで行った

黒鍵のソナタ

近付いて来る声は
気怠《けだる》い夏の凪
夢は
雲から降りられない

通り過ぎる声は
気狂《きぐる》いの夏の凪
失踪した黒鳥が
赤い嘴で言葉の心臓を啄んでいる

空の裂け目から覗く
銀の眼球　その
水晶体に映った虹の上を
蝸牛が這っている

青い絵本の中の海では
愛欲の干満に晒されて
ブリキのハムレットたちが
朽ちてゆく

詩人の太陽は
回帰しても
神になれなかった

プリズムが分光すると

七色の貘が現われて
分断された
希望の兵站線の修復を
繰り返すのだった

モモ

褐色の額縁に閉じこもった
白い絵具の空の中へ
透明になった
犬が消えた

アカシアの蜂蜜が香る
カステラの長方形の中へ
透明になった
犬が消えた

右手の黒鍵が左手の白鍵を
追いかける遁走曲《フーガ》の中へ
透明になった
犬が消えた

サンタクロースがやってくる
赤い煉瓦の煙突の中へ
透明になった
犬が消えた

地図にはない湖を包みこむ
森の緑の泡の中へ
透明になった
犬が消えた

弁解を繰り返すたびに
傾いてゆく人間の塔の中へ
透明になった
犬が消えた

夢の脱け殻を積み上げた
虚数の城壁の中へ
透明になった
犬が消えた

瞳の奥に焼き付いた
稜線を染めるモルゲンロート
透明になって
犬は消える

プラトニック

小槌で樹の洞《うろ》を叩くと
かんかんと空音が響き
硝子の眼玉が飛び出した

峠の見晴らし台で
男と女の調子外れの
目覚し時計が鳴り出した

改宗で支柱から外れた
天球儀が

駆落ち坂を転げ落ちた

杏咲くおみなの丘は花粉で噎び
葦笛を無くした
牧神は角を切り落とされた

少女の夢から逃げ出した
剝製の少年たちを
神の洪水が押し流した

条理の網目を潜り抜けた
薔薇色の手玉に
黒猫の浮気心が戯れ付いた
秘密の箱から飛び立った

自由の伝書鳩　その帰巣本能に
気紛れ天使が呪いをかけた

万華鏡を愛の方向へ回転させると
虹の時間の欠片が変化《へんげ》して
麝香《じゃこう》揚羽《あげは》が翅を拡げた

名残の折

錆びた鍵穴から覗くと
褐色の山が見える
太陽に照らされて
輪郭だけになった明烏が雲居に帰ってゆく

白い風に旗が揺れていた

錆びた鍵穴から覗くと
黒い森が見える
密集する樹々の中に隠れて

月を食べた一角獣の心臓が蠢いている

白い風に旗が揺れていた

錆びた鍵穴から覗くと
波立つ群青の海が見える
年代記という渚に打ち上げられた
砲弾には重さがなかった

白い風に旗が揺れていた

錆びた鍵穴を覗くと
緑青の街の伽藍が見える
光に曝された悪霊が次々に生み出す
複製の環で尖塔は包まれてゆく

白い風に旗が揺れていた

錆びた鍵で扉を開けると
壁に掛かった七曜表《カレンダー》から
剝れた数字の群れが
無秩序に宙を浮遊している

白い風に旗が揺れていた

遊戯

——四分七拍子で

ガラス玉が足許に転がっていた
誘惑に駆られてそれを拾い
陽にかざしてみた
するとそこには
茫漠として雲のない
ジュラ紀の空があった

ガラスを回転させてみた
青い炎に脅えた黒鍵が
水泡のような空虚なパッセージを

奏でていた
言葉から剝がれた意味が散らばって
貴婦人のような
白亜紀の海に浮かんでいた

ガラス玉を揺すってみた
陽の強い光に押し破られて
息を引き取るように
色彩が希薄になった
都市が現われ
あたり一面を月下香が覆う　その白く
あやうい芳香に抱かれていた

ガラス玉を両手で弄んでいると
仮説から抜け出した視界には

三畳紀の鉄床雲が浮かぶ
事象の足跡は時のゆらぎを閉じ込めた
化石となり
沈黙の地層が積み重なっていた

瞬きをする間に生起する仮象
ガラス玉から飛び出してきた
アンモナイト
その背中の渦を　無形の意志が
原初の記憶に向かって
遡行する

パンデミック

紙の飛蝗《バッタ》が
言葉の空を被っている
分裂した人格と
その狭間からのぞく闇
空の青さから
蜜蠟が垂れてくる
赤い靴下の踵にあいた

穴からのぞく闇

水仙のラッパから
魔法使いが顔を出している
銅銭の穴からのぞく
贋金使いの闇

釣竿はその先に
免罪符をぶら下げている

レントゲンに写った
ユダの闇

悪霊は言葉から
利息を取っている

雨上がりの水溜りに映える
令月の闇

コンパスは強迫観念に駆られた無窮の
円を描き続ける

太陽の黒点の
底からのぞく闇

ジンジャーエールの泡のような
愚かさの連鎖が起こっている
反復記号に閉じ込められた
理性の闇

翻訳不可能な神の言葉を
抱き締める
審問官が
終末へ続く落とし穴を掘っている

砂時計

歴史の墓場から抜け出した
悪霊が未来への坂を上ってきて
手招きをする

世界の平和は旅芸人のようだ

水晶玉の中で悲劇の
原因と結果が連鎖する時間　それも
退屈な恋の日常と化す

悲しみが過呼吸となるとき
青いノートに誌された
記憶の頁が
あっと言う間に空白になる

吹き飛ばされた
一編の詩が造り出す美しい幻影
千切れた言葉の破片
それを啄む血染めの五色鶸たち

空には首吊り気球が浮遊し
虹の橋が崩落する
泡沫《うたかた》の日々が終末を迎えるという妄想で
世界の痙攣は止まらない

見ること
見ないこと　それも
所詮　自由意志の戯れ

戦争と平和を載せた荷車を
蒼い馬に引かせて
商人たちは世界を行商して回る

花粉が舞うベランダで
顔を消されて穴のあいた
地球儀が勝手に
直角に傾いて
自転を加速させた

【解説】人類の精神史を宿した思想詩で豊かな抒情を秘めた詩集

――松本高直詩集『クラインの壺』に寄せて

鈴木比佐雄

1

松本高直氏が十年ぶりに第九詩集『クラインの壺』を刊行した。主に詩誌「舟」などに発表されてきた詩篇群だ。松本氏の試みが一貫して、内部意識を掘り下げていくと、様々な存在者が奏でるその固有のリズムを言葉として感受してしまい、自他のリズムが交わるところの不可思議な相関関係を記述していることは、前詩集『永遠の空腹』などの既刊詩集を読み了解していた。つまり客観的時間・空間が自然に存在しているという前提に立っている表現者ではなく、内部と外部の相関関係を世界の構造まで高めていこうとする実験精神に満ちた表現者なのだろう。今回の詩篇を続けて読むと、これまでの試みをこの十年間によってさらに徹底させていたことが了解されてくる。特に松本氏の内部意識はほとんど自己を背後に消してしまい、脱自的であることが当たり前になっていく。その自己を脱した「見るもの」は世界を目撃しそれに対峙する光景に亀裂を起こし、その隙間から一瞬に入り込んで、その世界が高速に展開して多様な外部に突き抜けていく爽快感をもたらし、内部意識が反転し異次元の外部世界との関係が常に立ち現れてくる。そんな松本氏は未知なる世界を未知なる言葉に転換し、あたかも世界の愉悦と苦悩の両面を同時に感受する。その持続する意識の流れとその意識が切断され飛躍し変容し続けても、そんな純粋意識を根源的な時間へと統合していく。そして誰も見たことのない人類の精神史を宿した思想詩で豊かな抒情を秘めた詩集を生み出そうと試みているのだろう。

本詩集は四章で各九篇ずつ三十六篇が収録されている。I章の冒頭の詩「正午の光」を引用し論じていきたい。この詩を詳しく語ることは、松本氏の詩的言語の特徴を伝え、この詩集を読むことの重要な手掛かりになるだろう。

その鏡の表面には／無数の入口があった／その中に入ると／置き去りにされた／青い空／蛇の視線に射貫かれた／ガラスの眼球／存在の哲学に足を取られた／片翼の天使

冒頭の「その鏡」とは松本氏の内面を凝視する反省意識であり、すべての現象を映し出そうとする意識なのだろう。「その鏡」の「表面には無数の入口があった」という。中に入れば、原初のような「青い空」、シュールな蛇の鋭い視線が憧れる「ガラスの眼球」、神なき時代に存在の哲学に縋りつく「片翼の天使」などが、最も太陽が高い「正午の光」によって存在感を露わにしてくる。松本氏はこれら一見して何ら脈絡のないイメージの展開によって、読者の置かれている情況や環境から自由にさせてしまうのだろう。自ら内部意識の時間が物理的で画一的な時間とは全く異なる自在な時間意識だと伝えている。

　　　翳《かじ》りかけの金の林檎が／坂を転がり落ちる／きのうからやってきた／郵便配達員／彼は首
　　　にぶら下げた鞄の中の／シジフォスの召喚状を配り歩く／／約束の土地に染み込んだ／絶
　　　望を噴き上げる／間歇泉《かんけつせん》

　二連目の翳りついた高価な金色の林檎が手からこぼれて坂道を転げ落ちていく様は、不吉な前兆であり、あろうことか地獄で山頂に着くたびに転げ落ちてしまう岩を押し上げることを繰り返す「シジフォスの召喚状」のような赤紙が、近未来に配られるのではないかと暗示しているのだろう。三連目の「絶望を噴き上げる間歇泉」とは戦争が絶えないで格差が広がる人類の絶望の深さを示している。郵便配達員の配達と間歇泉を飛躍的に結びつける松本氏の荒業には、どこか最悪を想定しながらそれを回避したいという人類への希望も秘めていることが渇いた詩行に感じさせる。

　　　水面を／希望の氷塊が漂う／前頭葉の湖／／世界の財産目録を／吸い込み続ける／ブラッ

クホール／／渾天儀《こんてんぎ》の望筒を覗くと／美しい詭弁の詩学が輝いている／撓んだ修辞の地政
学が燃え尽きてゆく

四連目の「前頭葉」には意志・思考・創造などの精神機能があり、それは「希望の氷塊」なのだろう。しかし五連目の「世界の財産目録」がいつかブラックホールに消えていく宿命にあることを冷徹に透視する。六連目の「渾天儀《こんてんぎ》の望筒」から天体を詩人たちが覗くことによって、「美しい詭弁の詩学」を生み出し、人類の存在の在り方として輝いていると指摘する。けれども、それら言葉もまたもろ刃の剣であり、過剰なナショナリズムを煽る地政学によって、民衆の暮らしは「燃え尽きてゆく」のだと松本氏は物語っているようだ。

見るものと／見られるものが／制御不能となった／思考実験／／正午の光を浴びて／鏡面
が罅割れる／すると　その奥に／出口へと続く無数の扉が映っていた

この七連目と八連目を読めば、松本氏の「見るもの」と「見られるもの」の相関関係が安定したものではなく、「制御不能」となってしまう可能性のある「思考実験」であると語っている。松本氏は、誰もがこの世界という「正午の光」の中に投げ出されて「見るもの」となって、「見られるもの」と否応なく関係を築いていく存在者であることを指摘し、「正午の光」はその光の鋭さによって、「鏡面」である「見られるもの」が鋳割れ、その中には「出口へと続く無数の扉」が見えてくるのだろう。冒頭でも指摘したが、松本氏は脱自的であり、徹底的に外部の変転する光景を「見るもの」となって記すことが、松本氏の詩的言語であると考えているのだろう。

2

その他のⅠ章からⅣ章までの詩篇の中から特に心に刻まれる魅力的な詩行を記しておきたい。

Ⅰ章の詩「時間の谷間」では「地球儀を回し続けると／小さな球が弓から外れて／時間の谷間へと転がって行った」。詩「アドルノ以降」では「人間という危うい存在が／野蛮な詩を口遊みながら／象亀のように／ひたすら歩いている／クラインの壺の中を／顔を求めて」。詩「失われた時」では「失われた時を背負って／バベルの塔の螺旋階段を／蝸牛《かたつむり》は／ひたすら登ってゆく」。詩「終わりのおわり」では「時の鍵穴を覗く／鏡の中から／すっと手が伸びてきて／私を鍵穴の中へと引き込んだ／終わりのおわりの／踏絵を踏めと」。詩「クラインの壺」では「進歩の裏側には野蛮が刻まれて／野蛮の裏側には進歩が刻まれて／人間が地面を転がってゆく」。

Ⅱ章の詩「夢の特異点」では「この世界には愛の計画という／正解がある／だがそれは正解ではない／だからこの世界は駄目なのさ」。詩「夢譚」では「言葉のインフレーションが／理性を窒息させては／歴史のトラウマが／硝煙のフラッシュバックを引き起す」。詩「約束の地」では「あなたは／ひとりの貧しい／預言者となって／いつまでも／祝婚の花束を待っている」。

Ⅲ章の詩「春のカルテ」では「嫉妬に耐えきれなくなった／タペストリーが／無邪気な一角獣を金糸で搦《から》め捕っていた」。詩「前意識」では「首をなくしたマヌカンたちが／ピアノに向かい／楽譜を逆様に置いて連弾していた」。詩「ア・プリオリ」では「風の通り道では／言葉が活用形を忘れて／金の頭文字だけが輝いていた／失われた時間が／銀の螺旋階段の屋上で／甦ろうとしている」。

Ⅳ章の詩「春のロンド」では「官能をくすぐる葦笛をうっかり／なくしてしまったので／牧神は不機嫌だった／その時千切れた羽が雲間に浮かんでいた」。詩「砂時計」では「見ること／見ないこと　それも／所詮　自由意志の戯れ／／戦争と平和を載せた荷車を／蒼い馬に引かせて／商人たちは世界を行商して回る」。

このような松本氏の詩篇を読み続けて強く感じることは、実存主義、現象学、存在論、構造主義、脱構築理論などの哲学、無意識の精神医学、ギリシャ神話、そして「クラインの壺」を導き出すトポロジー（位相幾何学）という数学などの精神が宿っていることだ。この哲学・神話・科学・数学などを詩に生かした思想詩で豊かな抒情を秘めた詩集は、類例がないだろう。このような詩集『クラインの壺』と対話して欲しいと願っている。

あとがき

本書は、『永遠の空腹』に次ぐ第九詩集です。詩誌「舟」及び「詩と思想」誌等に掲載した作品を収録しました。前詩集から十年を経過しており、その間に発表した作品群の中から、現在を起点に三十六編を選び一冊にまとめました。今回収録できなかった作品については、別の機会に譲ることとしました。

詩はクラインの壺、意志であり、メタファーであり、美であり、矛盾であり、永遠の嘘であります。

この詩集の構成に当っては、前回と同様にコールサック社の鈴木比佐雄氏に力をお借りしました。そして、あたかも四楽章の交響曲のようになりました。更に、氏には本質的な解説を書いて頂きました。心から感謝いたします。

また、校正・校閲や装幀等でお世話になったコールサック社の座馬寛彦氏、羽島貝氏、松本菜央氏にお礼を申し上げます。

二〇二三年二月　　松本高直

松本高直（まつもと　たかなお）略歴

1953年東京に生まれる

著書

詩集『無言劇』（私家版・1973）、詩集『理由のない季節に』（紫陽社・1979）、詩集『野の鍵』（レアリテの会・1986）、詩画集『月夜棚（限定本）』（1986）、『月夜棚（普及本）』（1986）、詩画集『木の精』（限定本・1987）、詩集『木の精』（沖積舎・1992）、詩集『風の方位』（沖積舎・1996）、詩集『夢の寄港地』（土曜美術社出版販売・2003）、詩集『ミネルヴァの梟』（土曜美術社出版販売・2012）、詩集『永遠の空腹』（コールサック社・2013）、詩集『クラインの壺』（コールサック社・2023）

所属

「舟」（レアリテの会）同人、日本現代詩人会会員、日本詩人クラブ会員、歌誌「音」編集運営委員、「コールサック」（石炭袋）会員

現住所　〒187-0004　東京都小平市天神町1-7-9

石炭袋

詩集　クラインの壺

2023年3月25日初版発行
著者　　　　　　松本高直
編集・発行者　鈴木比佐雄
発行所　株式会社 コールサック社
〒173-0004　東京都板橋区板橋2-63-4-209
電話 03-5944-3258　FAX 03-5944-3238
suzuki@coal-sack.com　http://www.coal-sack.com
郵便振替　00180-4-741802
印刷管理　（株）コールサック社　制作部

装幀　松本菜央

落丁本・乱丁本はお取り替えいたします。
ISBN978-4-86435-560-5　C0092　￥2000E